Adolf Anderssen

Aufgaben für Schachspieler nebst ihren Lösungen

Anatiposi

Adolf Anderssen

Aufgaben für Schachspieler nebst ihren Lösungen

Unveränderter Nachdruck der Originalausgabe von 1852.

1. Auflage 2023 | ISBN: 978-3-38205-934-7

Anatiposi Verlag ist ein Imprint der Outlook Verlagsgesellschaft mbH.

Verlag: Outlook Verlag GmbH, Zeilweg 44, 60439 Frankfurt, Deutschland
Vertretungsberechtigt: E. Roepke, Zeilweg 44, 60439 Frankfurt, Deutschland
Druck: Books on Demand GmbH, In de Tarpen 42, 22848 Norderstedt, Deutschland

Aufgaben

für

Schachspieler,

nebst

ihren Lösungen.

Von

A. Anderssen.

Zweite
gänzlich umgearbeitete Auflage.

Breslau.
Verlag von Joh. Urban Kern.
1852.

Vorrede zur zweiten Auflage.

Die Kunst, Schachprobleme zu componiren, hat in dem Decennium, welches seit dem ersten Erscheinen dieses Werkchens verflossen ist, durch die Fülle und Energie der ihr gewidmeten Kräfte einen solchen Aufschwung genommen, daß ein Unternehmen, wie das vorliegende, nach den jüngsten Proben dieser Kunst nochmals mit Erzeugnissen aus einer frühern Epoche hervorzutreten, bedenklich und unstatthaft erscheinen mußte. Daher hätte die gegenwärtige zweite Auflage einer ältern Sammlung von Schachräthseln, ungeachtet der beifälligen Aufnahme, die ihr vor Jahren zu Theil ward, keinesfalls die Zustimmung des Verfassers erhalten, wäre das Bemühen desselben, unter den Mängeln in Ansehung der Form wie des Inhalts die ihm bemerklichen auszurotten, nicht mit einigem Erfolge belohnt worden. Muß er demungeachtet, um manchen seiner Leistungen Empfehlung zu verschaffen, einerseits das ihnen bleibende Verdienst der Anregung vollkommenerer Produkte, andrerseits das Kolumbus=Ei in Erinnerung bringen, so glaubt er dagegen bei einigen andern, sich der Ansprüche auf Nachsicht begeben zu können.

Breslau, im April 1852.

I.
Matt in 3 Zügen.*)

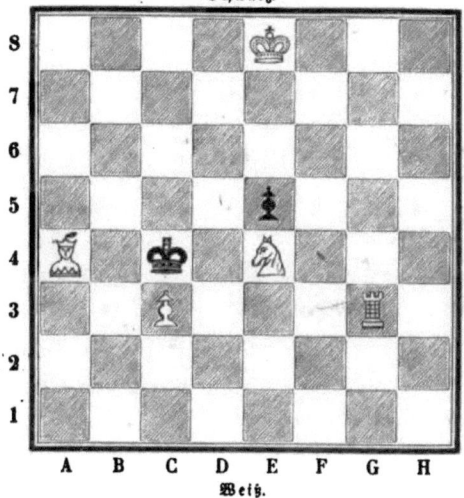

II.
Matt in 3 Zügen.

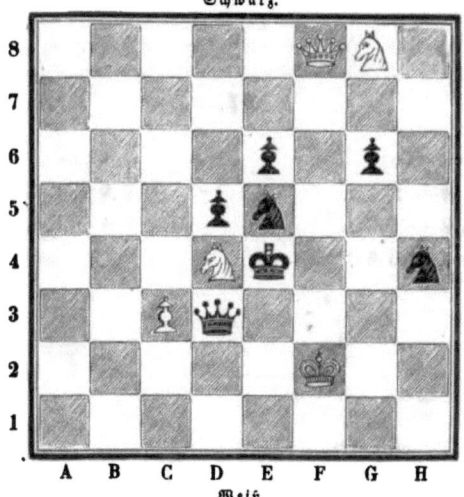

*) Der Weiße hat in dieser, wie in allen folgenden Aufgaben den Zug und macht matt.

Auflösungen.

I.

Weiß.	Schwarz.
1) G 3 — F 3.	C 4 — D 5.
2) A 4 — B 5.	D 5 — E 4. *)
3) B 5 — C 6 † Matt.	

*) Oder

2)	D 5 — E 6.
3) B 5 — C 4 † Matt.	

II.

Weiß.	Schwarz.
1) F 8 — F 5 †.	G 6 — F 5.
2) G 8 — F 6 †.	E 4 — F 4.
3) D 4 — E 6 † Matt.	

III.

Matt in 3 Zügen.

Schwarz.

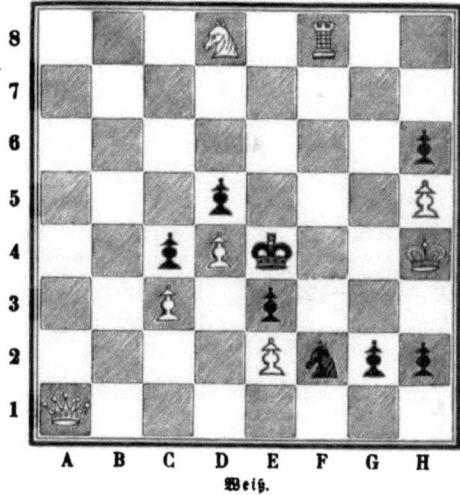

Weiß.

IV.

Matt in 3 Zügen.

Schwarz.

Weiß.

Auflösungen.

III.

Weiß.	Schwarz.
1) A 1 — H 1.	G 2 — H 1 (Dame).
2) D 8 — F 7.	E 4 — F 5.
3) F 7 — G 5 † Matt.	

IV.

Weiß.	Schwarz.
1) C 6 — B 6.	A 7 — B 6.
2) E 7 — C 6 †.	B 8 — A 8.
3) C 8 — B 6 † Matt.	

V.

Matt in 3 Zügen.

Schwarz.

Weiß.

VI.

Matt in 3 Zügen.

Schwarz.

Weiß.

Auflösungen.

V.

Weiß.	Schwarz.
1) F 2 — D 4.	C 3 — C 2 *)
2) G 1 — G 8 †.	E 5 — B 8.
3) D 4 — A 4 † Matt.	

*) Oder

1)	H 3 — H 1.
2) D 4 — A 4 †.	A 8 — B 8.
3) A 4 — E 8 † Matt.	

VI.

Weiß.	Schwarz.
1) A 3 — E 7 †.	F 7 — E 7.
2) C 7 — C 8 (Springer) †.	E 7 — E 8.
3) C 8 — D 6 † Matt.	

VII.

Matt in 3 Zügen.

Schwarz.

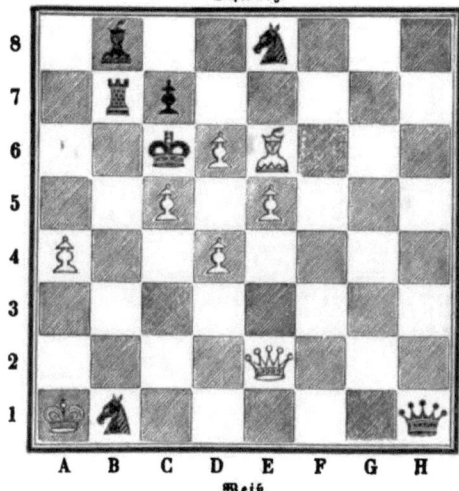

Weiß.

VIII.

Matt in 3 Zügen.

Schwarz.

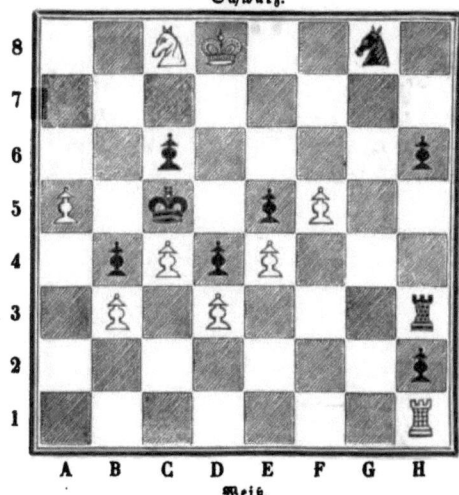

Weiß.

Auflösungen.

VII.

Weiß.	Schwarz.
1) E 2 — H 5.	H 1 — H 5.
2) D 6 — D 7 u. gibt entweder durch	
3) D 7 — D 8 (Springer) ober burch	
3) D 7 — E 8 (Dame) Schachmatt.	

VIII.

Weiß.	Schwarz.
1) H 1 — C 1.	H 2 — H 1 (Dame).
2) C 8 — D 6.	C 5 — D 6.
3) C 4 — C 5 † Matt.	

IX.

Matt in 3 Zügen.

Schwarz.

Weiß.

X.

Matt in 3 Zügen.

Schwarz.

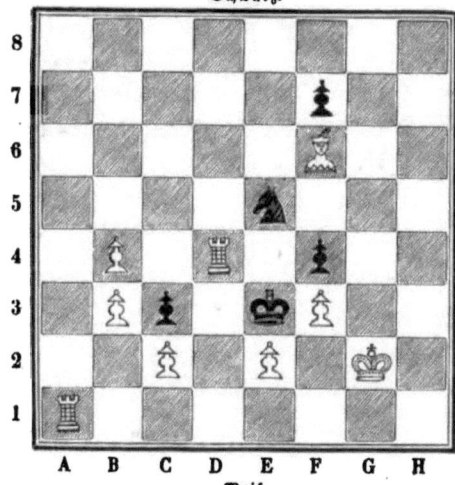

Weiß.

Auflösungen.

IX.

Weiß.	Schwarz.
1) A 1 — B 1.	E 8 — H 5.
2) G 1 — G 6.	H 5 — G 6 †.
3) E 5 — G 6 † Matt.	

X.

Weiß.	Schwarz.
1) A 1 — E 1.	E 3 — D 4.
2) E 2 — E 4.	F 4 — E 3 (en passant).
3) E 1 — D 1 † Matt.	

XI.

Matt in 4 Zügen.

Schwarz.

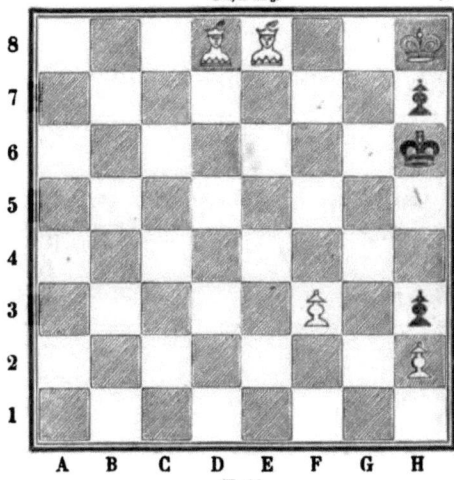

Weiß.

XII.

Matt in 4 Zügen.

Schwarz.

Weiß.

Auflösungen.

XI.

Weiß.	Schwarz.
1) E 8 — H 5.	H 6 — H 5.
2) H 8 — G 7.	H 7 — H 6.
3) G 7 — F 6.	H 5 — H 4.
4) F 6 — G 6 † Matt.	

XII.

Weiß.	Schwarz.
1) E 4 — D 5 †.	C 7 — C 5.
2) A 8 — A 5 †.	B 5 — A 5.
3) D 5 — A 8 †.	A 5 — B 5.
4) A 8 — A 4 † Matt.	

XIII.

Matt in 4 Zügen.

Schwarz.

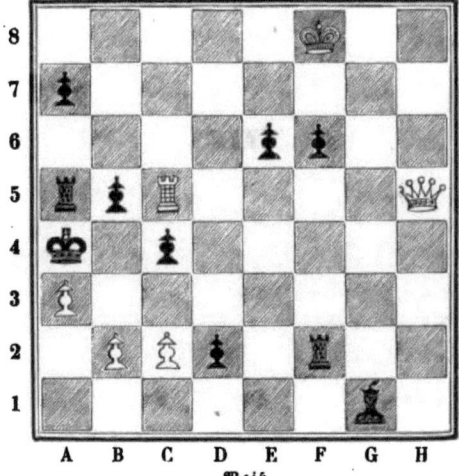

Weiß.

XIV.

Matt in 4 Zügen.

Schwarz.

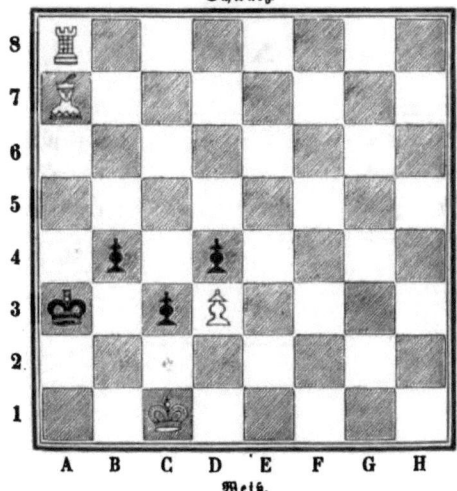

Weiß.

3

Auflösungen.

XIII.

Weiß.	Schwarz.
1) H 5 — E 8.	F 2 — F 4.
2) E 8 — E 7.	A 5 — A 6. *)
3) C 5 — C 6 u. gibt entweder durch	
4) E 7 — B 4 ober durch	
4) C 6 — A 6 Schachmatt.	

  *) Es broht

3) C 5 — C 4 †.	F 4 — C 4.
4) B 2 — B 3 † Matt.	

XIV.

Weiß.	Schwarz.
1) A 7 — B 6 †.	A 3 — B 3.
2) A 8 — A 1.	C 3 — C 2.
3) B 6 — A 5.	B 3 — C 3.
4) A 1 — A 3 † Matt.	

XV.

Matt in 4 Zügen.

Schwarz.

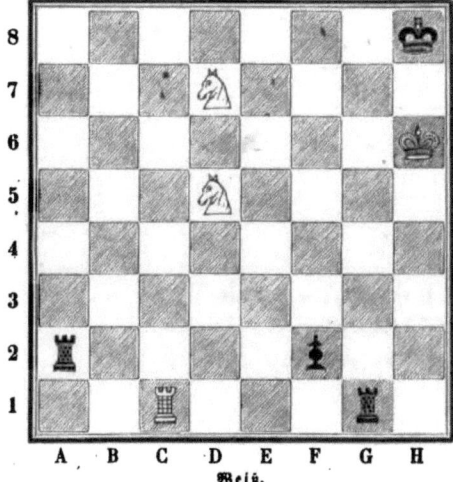

Weiß.

XVI.

Matt in 4 Zügen.

Schwarz.

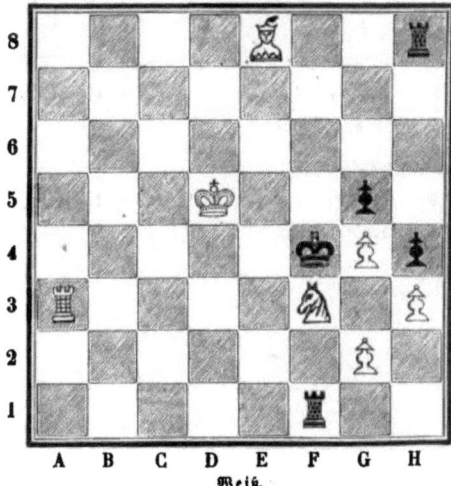

Weiß.

Auflösungen.

XV.

Weiß.	Schwarz.
1) C 1 — C 8 †.	G 1 — G 8.
2) D 5 — F 6.	G 8 — C 8.
3) D 7 — E 5 u. gibt entweder durch	
4) E 5 — G 6 oder durch	
4) E 5 — F 7 Schachmatt.	

XVI.

Weiß.	Schwarz.
1) F 3 — E 1.	F 1 — F 2. *)
2) G 2 — G 3 †.	H 4 — G 3.
3) A 3 — F 3 †.	F 2 — F 3.
4) E 1 — G 2 † Matt.	

*) Es droht

2) G 2 — G 3 †.	H 4 — G 3.
3) E 1 — G 2 † Matt.	

XVII.

Matt in 4 Zügen.

Schwarz.

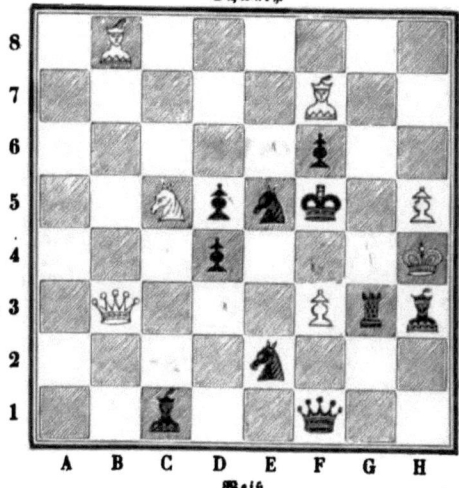

Weiß.

XVIII.

Matt in 4 Zügen.

Schwarz.

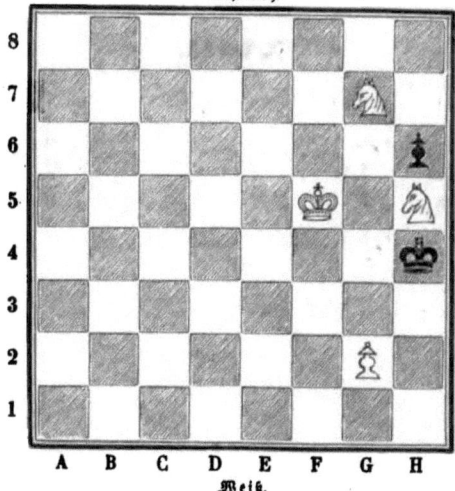

Weiß.

Auflösungen.

XVII.

Weiß.	Schwarz.
1) B 3 — E 3.	C 1 — E 3. *)
2) F 7 — E 6 †.	F 5 — F 4.
3) C 5 — D 3 †.	F 4 — F 3.
4) E 6 — D 5 † Matt.	

*) Oder

Weiß.	Schwarz.
2)	E 2 — F 4.
3) E 3 — E 4 †.	D 5 — E 4.
4) F 3 — E 4 † Matt.	

XVIII.

Weiß.	Schwarz.
1) G 7 — E 8.	H 4 — H 5.
2) E 8 — G 7 †.	H 5 — H 4.
3) F 5 — F 4	H 6 — H 5.
4) G 7 — F 5 † Matt.	

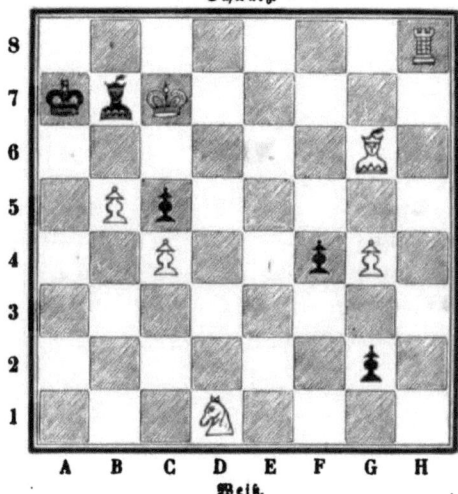

XIX.

Matt in 4 Zügen.

Schwarz.

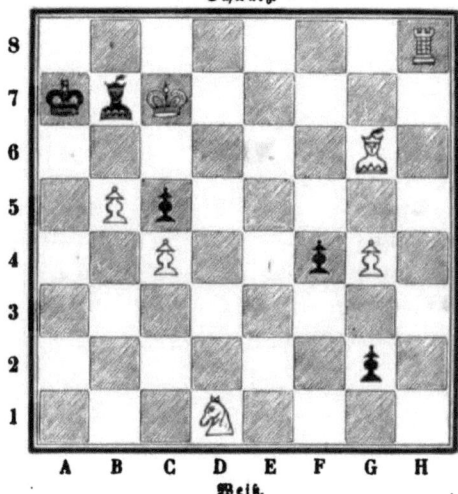

Weiß.

XX.

Matt in 4 Zügen.

Schwarz.

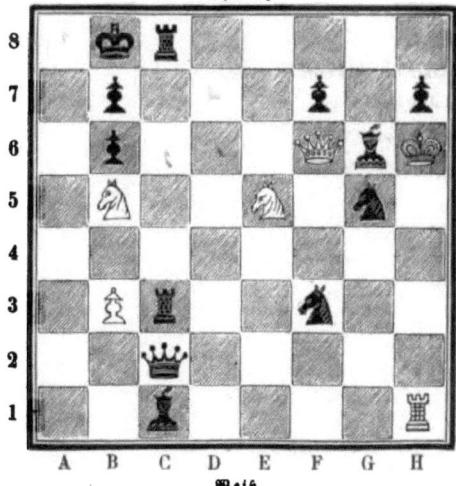

Weiß.

Auflösungen.

XIX.

Weiß.	Schwarz.
1) H 8 — H 6.	G 2 — G 1 (Dame).
2) G 6 — E 4.	G 1 — D 4.
3) H 6 — A 6 †.	B 7 — A 6.
4) B 5 — B 6 † Matt.	

XX.

Weiß.	Schwarz.
1) E 5 — D 7 †.	B 8 — A 8.
2) F 6 — F 4.	C 2 — H 2 †.
3) H 1 — H 2 u. gibt entweder durch	
4) H 2 — A 2 oder durch	
4) F 4 — A 4 oder durch	
4) D 7 — B 6 Schachmatt.	

XXI.

Matt in 4 Zügen.

Schwarz.

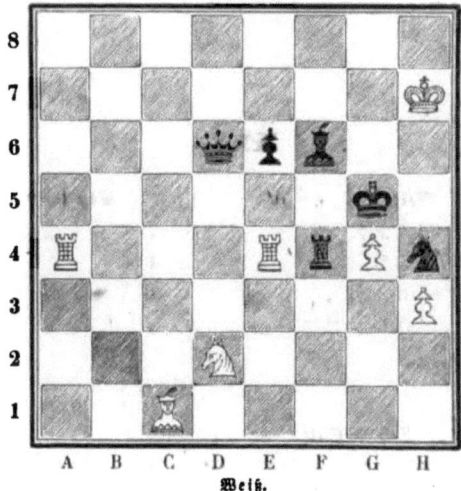

Weiß.

XXII.

Matt in 4 Zügen.

Schwarz.

Weiß.

Auflösungen.

XXI.

Weiß.	Schwarz.
1) E 4 — E 5 †.	D 6 — E 5. .
2) A 4 — A 5.	F 4 — G 4.
3) D 2 — E 4 †.	G 5 — F 5. *) .
4) E 4 — D 6 † Matt.	
*) Ober	
3)	G 5 — H 5. . .
4) E 4 — F 6 † Matt.	

XXII.

Weiß.	Schwarz.
1) E 7 — C 6.	D 7 — C 6.
2) C 3 — D 4 †.	B 6 — A 5.
3) B 3 — A 3.	Beliebig.
4) B 2 — B 4 † Matt.	

XXIII.

Matt in 4 Zügen.

Schwarz.

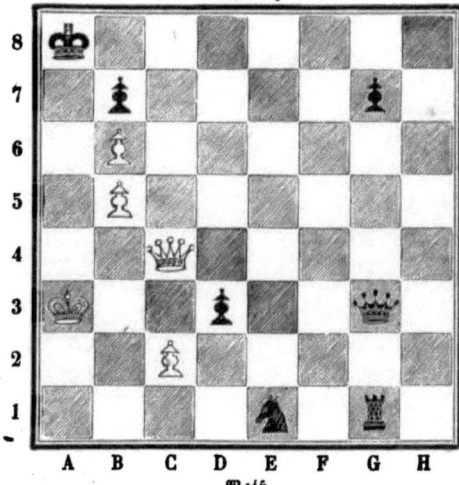

Weiß.

XXIV.

Matt in 4 Zügen.

Schwarz.

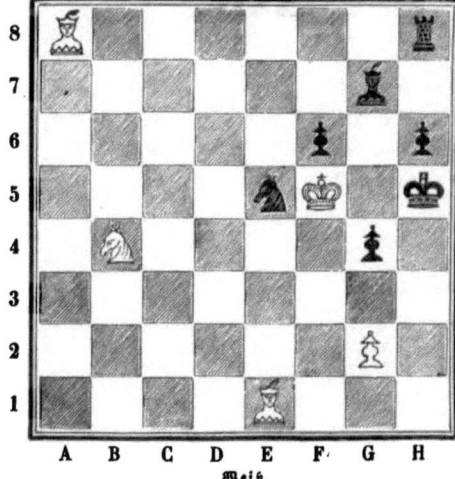

Weiß.

Auflösungen.

XXIII.

Weiß.	Schwarz.
1) C 4 — A 2.	D 3 — C 2 †. *)
2) A 3 — B 2 †.	G 3 — A 3 †.
3) A 2.— A 3 †.	A 8 — B 8.
4) A 3 — F 8 † Matt.	

*) Ober

1)	G 3 — C 7.
2) B 6 — C 7.	A 8 — A 7. **)
3) A 3 — B 4 †.	A 7 — B 6.
4) A 2 — A 5 † Matt.	

**) Ober

2)	B 7 — B 6.
3) A 2 — G 8 † u. f. w.	

XXIV.

Weiß.	Schwarz.
1) B 4 — D 5.	E 5 — G 6. *)
2) D 5 — F 4 †.	G 6 — F 4.
3) A 8 — F 3.	G 4 — F 3.
4) G 2 — G 4 † Matt.	

*) Ober

1)	G 4 — G 3.
2) E 1 — G 3.	E 5 — G 6.
3) D 5 — F 4 †.	G 6 — F 4.
4) A 8 — F 3 † Matt.	

XXV.

Matt in 4 Zügen.

Schwarz.

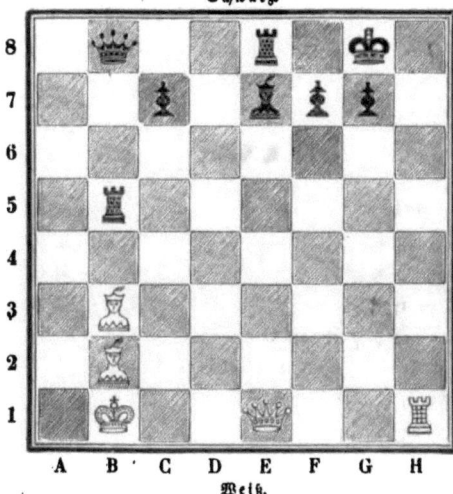

Weiß.

XXVI.

Matt in 4 Zügen.

Schwarz.

Weiß.

Auflösungen.

XXV.

Weiß.	Schwarz.
1) E 1 — E 6.	B 5 — B 3.
2) H 1 — H 8 †.	G 8 — H 8.
3) E 6 — H 6 †.	H 8 — G 8.
4) H 6 — G 7 † Matt.	

XXVI.

Weiß.	Schwarz.
1) E 6 — A 6.	B 4 — A 3 †. *)
2) A 6 — A 3.	C 7 — C 6.
3) G 8 — E 6 †.	B 8 — C 7.
4) H 8 — C 8 † Matt.	

*) Oder

1)	B 7 — A 6.
2) G 8 — D 5 † u. s. w.	

Oder

1)	B 4 — D 4.
2) G 8 — D 5 † u. s. w.	

XXVII.

Matt in 4 Zügen.

Schwarz.

Weiß.

XXVIII.

Matt in 4 Zügen.

Schwarz.

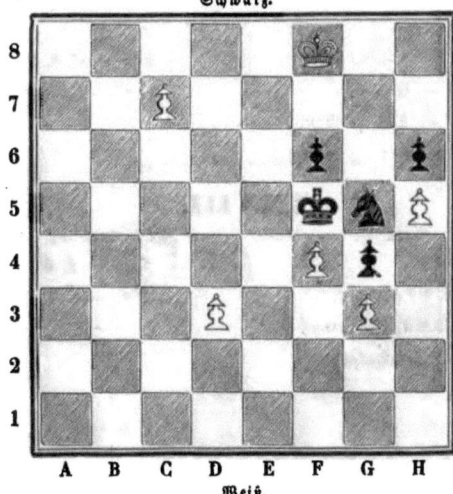

Weiß.

Auflösungen.

XXVII.

Weiß.	Schwarz.
1) B 2 — H 2.	H 6 — H 2. *)
2) B 6 — A 7 †.	B 8 — A 7. **)
3) E 5 — C 6 †.	A 7 — A 6.
4) B 4 — B 5 † Matt.	

*) Ober

1)	A 8 — C 7.
2) E 5 — D 7 †.	B 8 — A 8.
3) E 7 — E 8 †.	C 7 — E 8.
4) H 2 — B 8 † Matt.	

Ober

1)	H 6 — D 6.
2) E 5 — D 7 †.	B 8 — C 8.
3) H 2 — H 8 † u. s. w.	

Ober

1)	G 7 — E 7.
2) E 5 — D 7 †.	B 8 — C 8.
3) H 2 — B 8 †.	C 8 — D 7.
4) B 8 — D 8 † Matt.	

**) Ober

2)	B 8 — C 8.
3) E 7 — E 8 †.	C 8 — C 7.
4) A 7 — B 8 † Matt.	

XXVIII.

Weiß.	Schwarz.
1) F 8 — E 7.	G 5 — E 6.
2) C 7 — C 8 (Thurm).	E 6 — C 7. *)
3) C 8 — D 8 u. gibt darauf durch	
4) D 8 — D 5 Schachmatt.	

*) Ober

2)	E 6 — F 4.
3) C 8 — C 5 † u. s. w.	

XXIX.

Matt in 5 Zügen.

Schwarz.

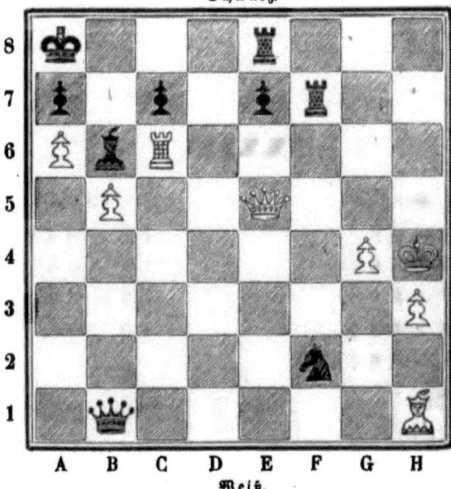

Weiß.

XXX.

Matt in 5 Zügen.

Schwarz.

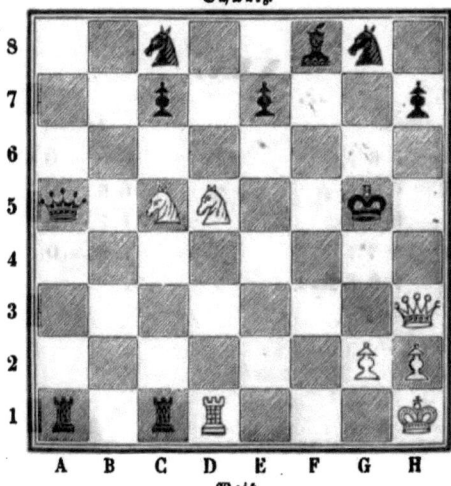

Weiß.

Auflösungen.

XXIX.

Weiß.	Schwarz.
1) E 5 — H 8.	E 8 — H 8 †. *)
2) C 6 — H 6 †.	C 7 — C 6.
3) H 6 — H 8 †.	F 7 — F 8.
4) H 8 — F 8 †.	B 6 — D 8.
5) F 8 — D 8 † Matt.	

*) Oder

1)	F 7 — F 8.
2) H 8 — F 8.	E 8 — F 8.
3) C 6 — F 6 † u. f. w.	

XXX.

Weiß.	Schwarz.
1) C 5 — E 6 †.	G 5 — G 6.
2) H 3 — G 4 †.	G 6 — F 7.
3) E 6 — D 8 †.	F 7 — E 8.
4) G 4 — D 7 †.	E 8 — D 7.
5) D 5 — F 6 † Matt.	

XXXI.

Matt in 5 Zügen.

Schwarz.

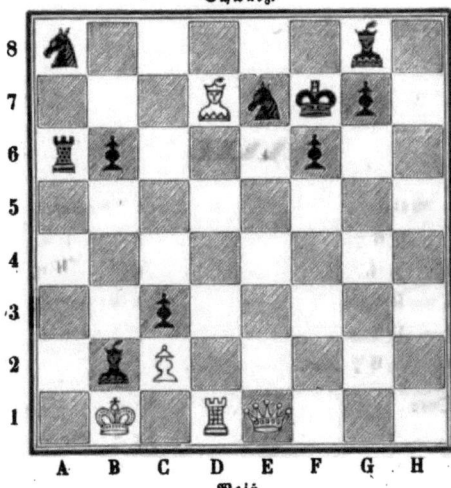

Weiß.

XXXII.

Matt in 5 Zügen.

Schwarz.

Weiß.

Auflösungen.

XXXI.

Weiß.	Schwarz.
1) E 1 — E 6 †.	F 7 — F 8.
2) D 7 — A 4.	G 8 — E 6. *)
3) D 1 — D 8 †.	F 8 — F 7.
4) A 4 — E 8 †.	F 7 — G 8.
5) E 8 — G 6 † Matt.	

*) Oder

2)	E 7 — C 6.
3) D 1 — D 8 †.	C 6 — D 8.
4) E 6 — E 8 † Matt.	

XXXII.

Weiß.	Schwarz.
1) D 7 — F 8.	A 1 — A 4.
2) F 8 — E 6 †.	D 8 — E 8.
3) E 2 — H 5 †.	E 8 — D 7.
4) B 4 — C 6.	D 7 — C 6.
5) H 5 — E 8 † Matt.	

XXXIII.

Matt in 5 Zügen.

Schwarz.

Weiß.

XXXIV.

Matt in 5 Zügen.

Schwarz.

Weiß.

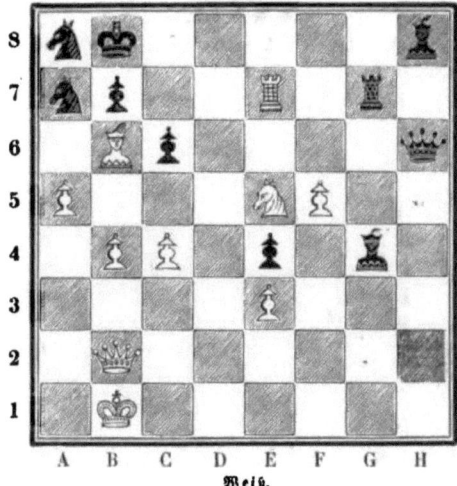

XXXIII.

Matt in 5 Zügen.

Schwarz.

A B C D E F G H

Weiß.

XXXIV.

Matt in 5 Zügen.

Schwarz.

A B C D E F G H

Weiß.

Auflösungen.

XXXIII.

Weiß.	Schwarz.
1) E 1 — H 4 †.	H 5 — G 6.
2) H 4 — H 6 †.	H 7 — H 6 †.
3) F 5 — H 4 †.	G 6 — H 5.
4) C 2 — D 1 †.	H 5 — H 4.
5) G 2 — G 3 † Matt.	

XXXIV.

Weiß.	Schwarz.
1) E 1 — E 4 †.	A 2 — B 4.
2) E 4 — ¹B 4 †.	A 4 — B 4.
3) F 4 — D 5 †.	B 4 — C 4.
4) E 6 — E 4 †.	C 4 — D 5.
5) G 4 — F 6 † Matt.	

XXXV.
Matt in 5 Zügen.

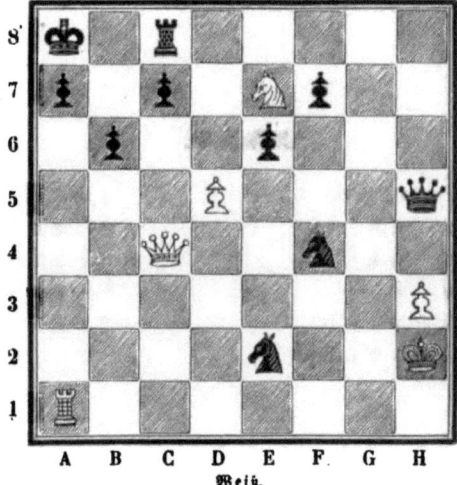

XXXVI.
Matt in 5 Zügen.

Auflösungen.

XXXV.

Weiß.	Schwarz.
1) C 4 — C 6 †.	A 8 — B 8.
2) C 6 — E 6.	H 5 — H 3 †.
3) E 6 — H 3.	F 4 — H 3.
4) E 7 — C 6 †.	B 8 — B 7.
5) A 1 — A 7 † Matt.	

XXXVI.

Weiß.	Schwarz.
1) C 4 — E 6 †.	H 3 — E 6.
2) F 6 — D 7.	E 6 — D 7.
3) B 4 — B 8 †.	C 8 — B 8.
4) C 6 — D 7.	C 7 — C 5.
5) D 7 — D 8 (Dame) † Matt.	

XXXVII.

Matt in 5 Zügen.

Schwarz.

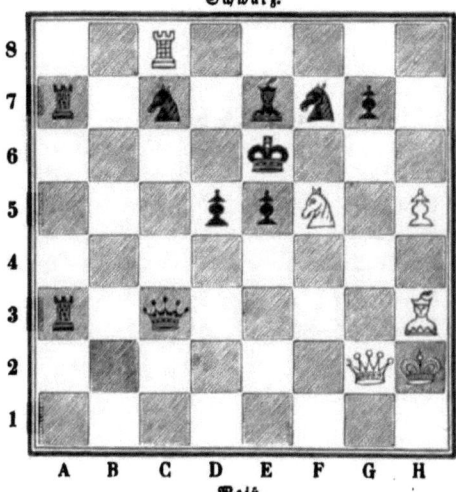

Weiß.

XXXVIII.

Matt in 5 Zügen.

Schwarz.

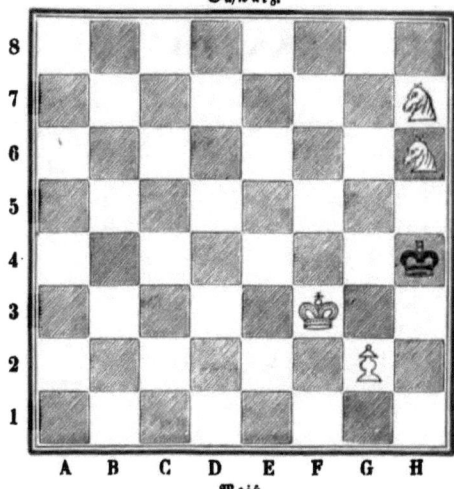

Weiß.

Auflösungen.

XXXVII.

Weiß.	Schwarz.
1) F 5 — E 3 †.	E 6 — D 6.
2) G 2 — D 5 †.	C 7 — D 5.
3) E 3 — F 5 †.	D 6 — D 7. *)
4) F 5 — G 3 †.	D 7 — D 6.
5) G 3 — E 4 † Matt.	

*) Oder

Weiß.	Schwarz.
3)	D 6 — E 6.
4) F 5 — G 3 †.	E 6 — F 6.
5) G 3 — E 4 † Matt.	

XXXVIII.

Weiß.	Schwarz.
1) H 6 — F 7.	H 4 — H 5.
2) H 7 — F 8.	H 5 — H 4.
3) F 8 — G 6 †.	H 4 — H 5.
4) G 6 — F 4 †.	H 5 — H 4.
5) G 2 — G 3 † Matt.	

XXXIX.

Matt in 5 Zügen.

Schwarz.

Weiß.

XL.

Matt in 5 Zügen.

Schwarz.

Weiß.

Auflösungen.

XXXIX.

Weiß.	Schwarz.
1) A 8 — A 7. *)	G 4 — E 5.
2) E 4 — C 5.	D 6 — C 5.
3) C 2 — C 3.	E 7 — E 6.
4) A 7 — B 7 u. gibt entweder durch	
5) C 3 — B 4 oder durch	
5) B 4 — C 6 Schachmatt.	

*) Geht der König auf B 7, so gewinnt Schwarz.

XL.

Weiß.	Schwarz.
1) B 2 — A 2 †.	A 1 — A 2.
2) E 5 — D 5.	F 2 — E 4 †.
3) D 5 — A 2 †.	A 8 — B 8.
4) A 2 — A 7 †.	B 8 — C 8.
5) A 7 — A 8 † Matt.	

XLI.

Matt in 5 Zügen.

Schwarz.

Weiß.

XLII.

Matt in 5 Zügen.

Schwarz.

Weiß.

Auflösungen.

XLI.

Weiß.	Schwarz.
1) F 2 — G 1.	D 4 — C 5.
2) G 1 — H 2.	C 5 — D 4,
3) H 2 — F 4.	D 4 — C 5.
4) F 4 — C 7.	C 5 — D 4.
5) C 7 — B 6 † Matt.	

XLII.

Weiß.	Schwarz.
1) C 4 — C 5 †.	B 5 — C 5.
2) A 4 — D 4 †.	D 5 — E 5.
3) E 3 — G 5 †.	E 5 — D 4.
4) G 5 — D 2 †.	D 4 — E 5.
5) D 2 — D 6 † Matt.	

XLIII.

Matt in 5 Zügen.
Schwarz.

Weiß.

XLIV.

Matt in 5 Zügen.
Schwarz.

Weiß.

Auflösungen.

XLIII.

Weiß.	Schwarz.
1) B 3 — C 2.	C 5 — B 4.
2) C 7 — B 6.	B 4 — A 4.
3) C 2 — C 3.	B 5 — B 4 †.
4) C 3 — C 4.	B 4 — B 3.
5) A 2 — B 3 † Matt.	

XLIV.

Weiß.	Schwarz.
1) F 4 — E 5 †.	F 6 — E 7.
2) E 5 — F, 6 †.	E 7 — E 8.
3) E 3 — E 6 †.	F 7 — E 6.
4) F 3 — H 5 †.	H 7 — G 6.
5) H 5 — G 6 † Matt.	

XLV.

Matt in 6 Zügen.

Schwarz.

Weiß.

XLVI.

Matt in 6 Zügen.

Schwarz.

Weiß.

Auflösungen.

XLV.

	Weiß.	Schwarz.
1)	F 3 — D 4.	D 6 — D 5.
2)	E 2 — E 4.	D 5 — E 4.
3)	B 2 — B 1.	E 4 — E 3.
4)	B 1 — B 2.	E 3 — E 2.
5)	D 4 — B 5.	E 2 — E 1.
6)	B 5 — C 3 † Matt.	

XLVI.

	Weiß.	Schwarz.
1)	E 6 — A 6 †.	B 7 — A 6.
2)	G 4 — F 3 †.	A 8 — A 7.
3)	B 1 — B 7 †.	A 7 — A 8.
4)	B 7 — D 7 †.	A 8 — B 8.
5)	D 7 — D 8 †.	B 8 — C 7.
6)	F 8 — E 6 † Matt.	

XLVII.

Matt in 6 Zügen.

Schwarz.

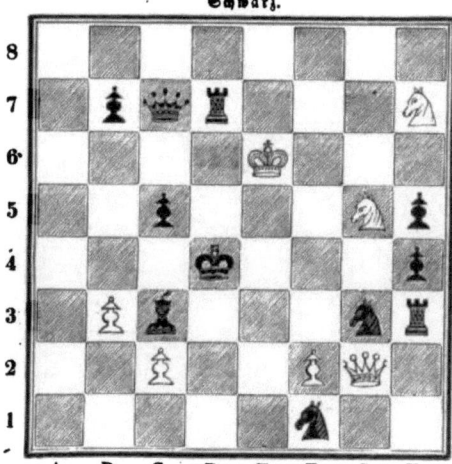

Weiß.

XLVIII.

Matt in 6 Zügen.

Schwarz.

Weiß.

Auflösungen.

XLVII.

Weiß.		Schwarz.	
1)	G 5 — F 3 †,	D 4 — E 4.,	
2)	F 3 — G 1 †,	E 4 — D 4.	
3)	G 2 — E 4 †,	D 4 — E 4,	
4)	H 7 — G 5 †,	E 4 — F 4.	
5)	G 1 — H 3 †.	F 4 — G 4.	
6)	F 2 — F 3 † Matt.		

XLVIII.

Weiß.		Schwarz.	
1)	C 1 — E 3 †.	H 6 — E 6 (bester Zug).	
2)	D 4 — F 6 †.	E 7 — D 6.	
3)	E 3 — D 4 †,	D 6 — C 7.	
4)	D 4 — B 6 †.	C 7 — D 6.	
5)	A 5 — D 5 †.	D 6 — D 5.	
6)	B 6 — D 4 † Matt.		

XLIX.

Matt in 6 Zügen.

Schwarz.

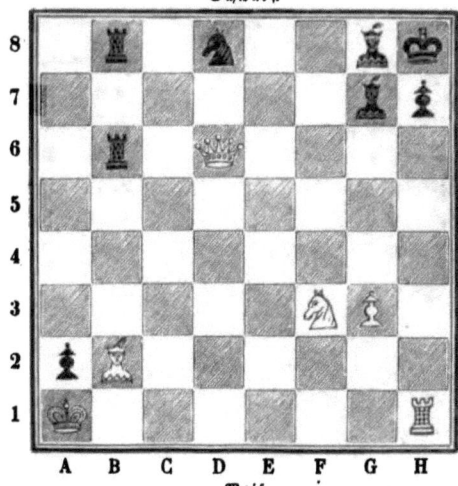

Weiß.

L.

Matt in 6 Zügen.

Schwarz.

Weiß.

Auflösungen.

XLIX.

Weiß.	Schwarz.
1) E 6 — E 8 †.	H 5 — G 4.
2) E 8 — E 4 †.	G 4 — H 5.
3) E 2 — F 4 †.	H 5 — G 4.
4) F 4 — D 5 †.	E 1 — E 4.
5) D 5 — F 6 †.	G 4 — F 4.
6) H 8 — G 6 † Matt.	

L.

Weiß.	Schwarz.
1) H 1 — H 7 †.	H 8 — H 7.
2) F 3 — G 5 †.	H 7 — H 8.
3) E 6 — E 4.	B 6 — B 2.
4) E 4 — H 4 †.	G 7 — H 6.
5) H 4 — H 6 †.	G 8 — H 7.
6) H 6 — H 7 † Matt.	

LI.

Matt in 6 Zügen.

Schwarz.

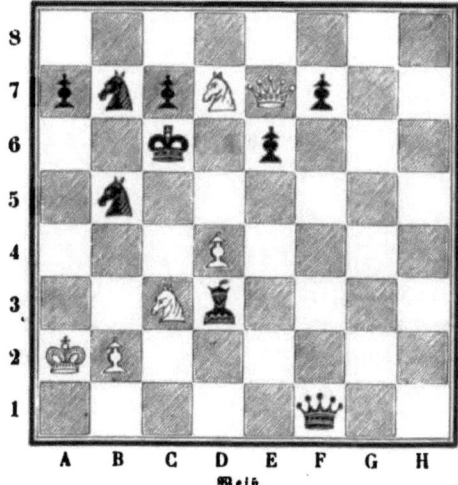

Weiß.

LII.

Matt in 6 Zügen.

Schwarz.

Weiß.

Auflösungen.

LI.

Weiß.	Schwarz.
1) D 4 — D 5 †.	E 6 — D 5.
2) D 7 — B 8 †.	C 6 — B 6.
3) C 3 — A 4 †.	B 6 — A 5.
4) E 7 — B 4 †.	A 5 — B 4.
5) B 8 — C 6 †.	B 4 — C 4.
6) B 2 — B 3 † Matt.	

LII.

Weiß.	Schwarz.
1) G 2 — G 1 †.	D 4 — E 5.
2) G 1 — A 1 †.	E 5 — E 6.
3) B 7 — D 8 †.	E 6 — D 6.
4) A 1 — E 5 †.	D 6 — E 5.
5) B 6 — C 4 †.	E 5 — D 4.
6) D 8 — E 6 † Matt.	

LIII.

Matt in 8 Zügen.

Schwarz.

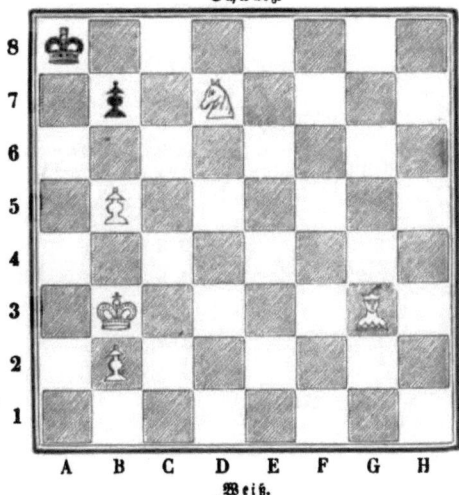

Weiß.

LIV.

Matt in 9 Zügen.

Schwarz.

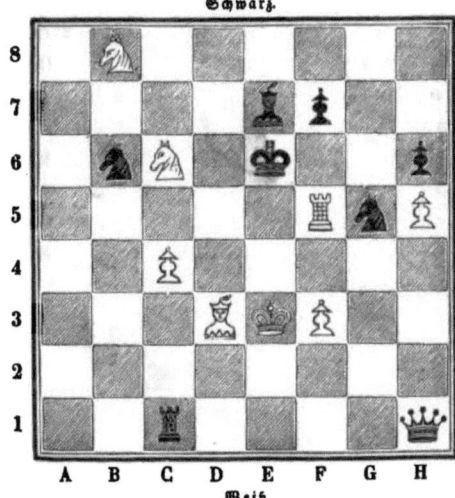

Weiß.

8

Auflösungen.

LIII.

Weiß.	Schwarz.
1) D 7 — B 6 †.	A 8 — A 7.
2) B 3 — C 4.	A 7 — B 6.
3) G 3 — B 8.	B 6 — A 5.
4) B 8 — C 7 †.	A 5 — A 4 oder B 7 — B 6.
5) C 7 — D 8.	B 7 — B 6 oder A 5 — A 4.
6) D 8 — E 7.	A 4 — A 5.
7) E 7 — B 4 †.	A 5 — A 4.
8) B 2 — B 3 † Matt.	

LIV.

Weiß.	Schwarz.
1) C 6 — D 4 †.	E 6 — D 6.
2) D 4 — B 5 †.	D 6 — E 6.
3) B 5 — C 7 †.	E 6 — D 6.
4) C 7 — E 8 †.	D 6 — E 6.
5) F 5 — E 5 †.	E 6 — E 5.
6) B 8 — C 6 †.	E 5 — E 6.
7) D 3 — F 5 †.	E 6 — F 5.
8) C 6 — D 4 †.	F 5 — E 5.
9) F 3 — F 4 † Matt.	

LV.
Matt in 3 Zügen.
Schwarz.

Weiß.

LVI.
Matt in 4 Zügen.
Schwarz.

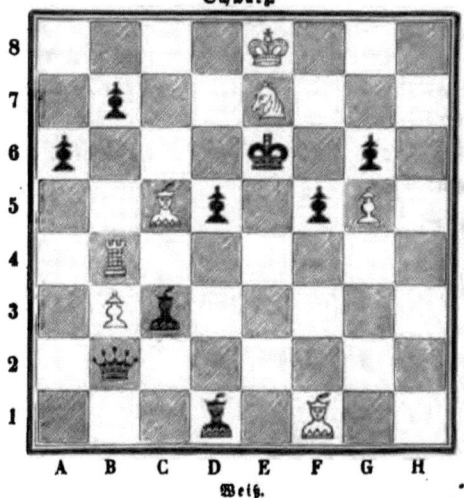

Weiß.

685255

Auflösungen.

LV.

Weiß.	Schwarz.
1) C 4 — C 7.	B 8 — A 6.
2) A 2 — E 6.	A 6 — C 7.
3) G 4 — G 5 † Matt.	

Oder

Weiß.	Schwarz.
1) C 4 — C 7.	B S — A 6.
2) A 2 — E 6.	D 7 — E 6.
3) F 8 — H 7 † Matt.	

Oder

Weiß.	Schwarz.
1) C 4 — C 7.	F 6 — F 7.
2) A 2 — E 6 †.	F 7 — F 8.
3) C 7 — C 8 † Matt.	

LVI.

Weiß.	Schwarz.
1) B 4 — E 4 †.	C 3 — E 5. *)
2) E 7 — C 6.	B 7 — C 6.
3) F 1 — A 6.	F 5 — E 4.
4) A 6 — C 8 † Matt.	

*) Oder

Weiß.	Schwarz.
1)	F 5 — E 4.
2) F 1 — H 3 †.	D 1 — G 4.
3) H 3 — G 4 †.	E 6 — E 5.
4) E 7 — G 6 † Matt.	

LVII.

Matt in 3 Zügen.

Schwarz.

Weiß.

LVIII.

Matt in 4 Zügen.

Schwarz.

Weiß.

Auflösungen.

LVII.

Weiß.	Schwarz.
1) C 3 — B 4.	A 7 — A 5.
2) E 4 — E 5. *)	D 6 — E 5. **)
3) F 2 — E 4 † Matt.	

*) Matt drohend durch F 2 — G 4.

**) Nimmt der König, so folgt B 4 — C 3 † Matt.

Oder

1) C 3 — B 4.	F 6 — G 5.
2) E 4 — E 5 †.	D 6 — E 5..
3) B 4 — E 7 † Matt.	

Oder

1) C 3 — B 4.	F 6 — E 7.
2) E 4 — E 5 †.	E 7 — D 8.
3) E 5 — E 8 † Matt.	

LVIII.

Weiß.	Schwarz.
1) D 5 — B 6.	A 7 — B 6.
2) B 2 — A 2.	A 6 — B 5.
3) C 2 — C 8 †.	B 8 — C 8.
4) A 2 — A 8 † Matt.	

LIX.

Matt in 4 Zügen.

Schwarz.

Weiß.

LX.

Matt in 5 Zügen.

Schwarz.

Weiß.

Auflösungen.

LIX.

Weiß.	Schwarz.
1) F 5 — F 6.	E 7 — F 6.
2) E 4 — E 5.	H 6 — G 7.
3) E 5 — F 6 †.	G 7 — F 6.
4) D 6 — F 5 † Matt.	

Oder

1) F 5 — F 6.	E 7 — D 6.
2) A 6 — A 1.	G 6 — G 5.
3) G 4 — F 5.	Beliebig.
4) A 1 — H 1 † Matt.	

LX.

Weiß.	Schwarz.
1) G 4 — E 6.	D 6 — D 5.
2) E 6 — D 5.	C 6 — D 5.
3) H 6 — B 6.	C 4 — C 3.
4). B 6 — B 5 †.	B 3 — C 4.
5) B 5 — B 4 † Matt.	

Druck von F. A. Brockhaus in Leipzig.